紅樓夢第四十一回

賈寶玉品茶櫳翠菴　劉老老醉卧怡紅院

話說劉老老兩隻手比着說道花兒落了結個大倭瓜眾人聽了鬨堂大笑起來於是吃過門盃因又鬬趣笑道今兒寔說罷我的手脚子粗又喝了酒仔細失手打了這磁盃有木頭的盃取個來我就失了手掉了地下也無礙眾人聽了又笑起來鳳姐兒聽如此說便忙笑道果真要木頭的我就取了來可有一句話先說下這木頭的可比不得磁的那都是一套定要吃遍一套纔算呢劉老老聽了心下敁敠道我方纔不過是趣話取笑兒誰知他果真竟有我時常在鄉紳大家也赴過席金盃銀盃倒都也見過從沒見有木頭盃的哦是了想必是小孩子們使的木碗兒不過誆我多喝兩碗別管他横竪這酒蜜水兒似的多喝點子也無妨想畢便說取來再商量鳳姐因命豐兒前面裡間書架子上有十個竹根套盃取來豐兒聽了纔要去取鴛鴦笑道我知道你那十個杯還小况且你纔說木頭的這會子又拿了竹根的來倒不好看不如把我們那裡的黃楊根子整刓的十個大套杯拿來灌他十下子鳳姐兒笑道更好了鴛鴦果命人取來劉老老一看又驚又喜驚的是一連十個挨次大小分下來那大的足足的像個小盆子極小的還有手裡的杯子兩個大喜的是雕鏤奇絕一色山水樹木人物並有草字

以及圖印因忙說道拿了那小的來就是了鳳姐兒笑道這個杯沒有這大量的所以沒人敢使他老老既要好容易找出來必定要挨次吃一遍纔使得劉老老嚇的忙道這個不敢好姑奶奶饒了我罷賈母薛姨娘王夫人知道他有年紀的人禁不起忙笑道說是說笑是笑不可多吃了只吃這頭一杯罷劉老老道阿彌陀佛我還是小杯吃罷把這大杯收着我帶了家去慢慢的吃罷說的衆人又笑起來鴛鴦無法只得命人滿斟了一大杯劉老老兩手捧着喝賈母薛姨媽都道慢些別嗆了薛姨媽又命鳳姐兒佈個菜兒鳳姐笑道老老要吃什麼說出名兒來我夾了喂你劉老老道我知道什麼名兒樣樣都是好的

賈母笑道把茄鯗夾些喂他鳳姐兒聽說依言夾些茄鯗送入劉老老口中因笑道你們天天吃茄子也嚐嚐我們這茄子弄的可口不可口劉老老笑道別哄我了茄子跑出這個味兒來了我們也不用種糧食只種茄子了衆人笑道真是茄子我們再不哄你劉老老詫異道真是茄子我白吃了半日姑奶奶再喂我些這一口細嚼嚼鳳姐兒果又夾了些放入他口內劉老老細嚼了半日笑道雖有一點茄子香只是還不像是茄子告訴我是個什麼法子弄的我也弄着吃去鳳姐兒笑道這也不難你把纔下來的茄子把皮籤了只要淨肉切成碎釘子用雞油炸了再用雞肉脯子合香菌新笋蘑菇五香豆腐乾子各色

乾菓子都切成釘兒拿鷄湯喂乾了拿香油一收外加糟油一拌盛在磁罐子裏封嚴了要吃的時候兒拿出來用炒的鷄瓜子一拌就是了。劉老老聽了搖頭吐舌說我的佛祖倒得多少隻鷄配他怪道這個味兒一面笑一面慢慢的吃完了酒還只管細細玩那盃子鳳姐笑道還不足興再吃一盃罷劉老老忙道了不得那就醉死了我因爲愛這樣兒好看虧他怎麼做來着鴛鴦笑道酒喝完了到底這盃子是什麼木頭的劉老老笑道怨不得姑娘不認得你們在這金門綉戶裏那裏認的木頭我們成日家和樹林子做街坊困了枕着他睡乏了靠著他坐荒年間餓了還吃他眼睛裏天天見他耳躲裏天天聽他嘴兒裡

天天說他所以好歹真假我是認得的讓我認認一面說一面細細端詳了半日道你們這樣人家斷没有那賤東西那容易得的木頭你們也不收着了我掂着這麼體沉這再不是楊木一定是黃松做的衆人聽了鬨堂大笑起來只見一個婆子走來請問賈母說姑娘們都到了藕香榭請示下就演罷還是再等一會兒呢賈母忙笑道可是倒忘了就叫他們演罷那婆子答應去了不一時只聽得簫管悠揚笙笛並發正值風清氣爽之時那樂聲穿林度水而來自然使人神怡心曠寶玉先禁不住拿起壺來斟了一盃一口飲盡復又斟上纔要飲只見王夫人也要飲命人換煖酒寶玉連忙將自己的盃捧了過來送到

王夫人口邊王夫人便就他手內吃了兩口一時煖酒來了寶玉仍歸舊坐王夫人提了煖壺下席來衆人都出了席薛姨媽也站起來賈母忙命李鳳二人接過壺來讓你姨媽坐了大家纔便王夫人見如此說方將壺遞與鳳姐兒自已歸坐賈母笑道大家吃上兩盃今日實在有趣說着擎盃讓薛姨媽又向湘雲寶釵道你姊妹兩個也吃一盃你林妹妹不大會吃也別饒他說着自已也乾了湘雲寶釵黛玉也都吃了當下劉老老聽見這般音樂且又有了酒越發喜的手舞足蹈起來寶玉因下席過來向黛玉笑道你瞧劉老老的樣子黛玉笑道當日聖樂一奏百獸率舞如今纔一牛耳衆姐妹都笑了須臾樂止薛姨

媽笑道大家的酒也都有了且出去散散再坐罷賈母也正要散散於是大家出席都隨着賈母遊玩賈母因要帶著劉老老散悶遂攜了劉老老至山前樹下盤桓了半晌又說給他這是什麼樹這是什麼石這是什麼花劉老老一一領會又向賈母道誰知城裡不但人尊貴連雀兒也是尊貴的偏這雀兒到了你們這裡他也變俊了也會說話衆人不解因問什麼雀兒變俊了會說話劉老老道那廊上金架子上站的綠毛紅嘴是鸚哥兒我是認得的那籠子裡的黑老鴰子又長出鳳頭兒來也會說話呢衆人聽了又都笑起來一時只見丫頭們來請用點心賈母道吃了兩杯酒倒也不餓也罷就拿了來這裡大家

隨便吃些罷丫頭聽說便去擡了兩張几來又端了兩個小捧盒揭開看時每個盒內兩樣這盒內是兩樣蒸食一樣是藕粉桂花糖糕一樣是松瓤鵝油捲那盒內是兩樣炸的一樣是只有一寸來大的小餃兒賈母因問什麼餡子婆子們忙回是螃蟹的賈母聽了皺眉說道這會子油膩膩的誰吃這個又看那一樣是奶油炸的各色小麵菓子也不喜歡因讓薛姨媽薛姨媽只揀了塊糕賈母揀了個捲子只嚐了一嚐剩的半個遞給丫頭了劉老老因見那小麵菓子都玲瓏剔透各式各樣又揀了一朵牡丹花樣的笑道我們鄉裡最巧的姐兒們剪子也不能鉸出這麼個紙的來我又愛吃又捨不得吃包些家去給

他們做花樣子去倒好衆人都笑了賈母笑道家去我送你一磁罈子你先趁熱吃罷別人不過揀各人愛吃的揀了一兩樣就筭了劉老老原不曾吃過這些東西且都做的小巧不顯堆垜兒他和板兒每樣吃了些個就去了半盤子剩的鳳姐又命攢了兩盤並一個攢盒給文官兒等吃去忽見奶子抱了大姐兒來大家哄他頑了一會那大姐兒因抱着一個大柚子頑忽見板兒抱着一個佛手大姐兒便要丫鬟哄他取去大姐兒等不得便哭了衆人忙把柚子給了板兒將板兒的佛手哄過來給他纔罷那板兒因頑了半日佛手此刻又兩手抓着些菓子吃又見這個柚子又香又圓更覺好頑且當毬踢着頑去也就

不要佛手了當下賈母等吃過了茶又帶了劉老老至櫳翠庵來妙玉相迎進去衆人至院中見花木繁盛賈母笑道倒底是他們修行的人沒事常常修理比別處越發好看一面說一面便往東禪堂來妙玉笑往裡讓賈母道我們纔都吃了酒肉你這裡頭有菩薩冲了罪過我們這裡坐坐把你的好茶拿來我們吃一杯就去了寶玉留神看他是怎麼行事只見妙玉親自捧了一個海棠花式雕漆填金雲龍獻壽的小茶盤裡面放一個成窰五彩小蓋鍾捧與賈母賈母道我不吃六安茶妙玉笑說知道這是老君眉賈母接了又問是什麼水妙玉道是舊年蠲的雨水賈母便吃了半盞笑着遞與劉老老說你嘗嘗這個

茶劉老老便一口吃盡笑道好是好就是淡些再熬濃些更好了賈母衆人都笑起來然後衆人都是一色的官窰脫胎填白蓋碗那妙玉便把寶釵黛玉的衣襟一拉二人隨他出去寶玉悄悄的隨後跟了來只見妙玉讓他二人在耳房內寶釵便坐在榻上黛玉便坐在妙玉的蒲團上妙玉自向風爐上煽滾了水另泡了一壺茶寶玉便輕輕走進來笑道你們吃體已茶呢二人都笑道你又赶了來撤茶吃這裡並沒你吃的妙玉剛要去取杯只見道婆收了上面茶盞來妙玉忙命將那成窰的茶杯別收了擱在外頭去罷寶玉會意知爲劉老老吃了他嫌腌臢不要了又見妙玉另拿出兩隻杯來一個傍邊有一耳杯上

鐫着瓟斝三個隸字後有一行小真字是王愷珍玩又有宋元豐五年四月眉山蘇軾見於秘府一行小字妙玉斟了一斝遞與寶釵那一隻形似鉢而小也有三個垂珠篆字鐫着點犀䀉妙玉斟了一䀉與黛玉仍將前番自己常日吃茶的那隻綠玉斗來斟與寶玉寶玉笑道常言世法平等他兩個就用那樣古玩奇珍我就是個俗器了妙玉道這是俗器不是我說狂話只怕你家裡未必找的出這麽一個俗器來呢寶玉笑道俗語說隨鄉入鄉到了你這裡自然把這金珠玉寶一概貶為俗器了妙玉聽如此說十分歡喜遂又尋出一隻九曲十環一百二十節蟠虬整雕竹根的一個大盞出來笑道就剩了這一個你

可吃的了這一海寶玉喜的忙道吃的了妙玉笑道你雖吃的了也沒這些茶你遭塌豈不聞一杯為品二杯即是解渴的蠢物三杯便是飲驢了你吃這一海更成什麽說的寶釵黛玉寶玉都笑了妙玉執壺只向海內斟了約有一杯寶玉細細吃了果覺輕淳無比賞讚不絕妙玉正色道你這遭吃茶是托他兩個的福獨你來了我是不能給你吃的寶玉笑道我深知道我也不領你的情只謝他二人便了妙玉聽了方說這話明白黛玉因問這也是舊年的雨水妙玉冷笑道你這麽個人竟是大俗人連水也嘗不出來這是五年前我在元墓蟠香寺住着收的梅花上的雪統共得了那一鬼臉青的花甕一甕總捨不得

吃埋在地下今年夏天纔開了我只吃過一回這是第二回了你怎麽嘗不出來隔年蠲的雨水那有這樣清淳如何吃得寶釵知他天性怪僻不好多話亦不好多坐吃過茶便約着黛玉走出來寶玉和妙玉陪笑說道那茶盃雖然腌臢了白撩了豈不可惜依我說不如就給了那貧婆子罷他賣了也可以度日你說使得麽妙玉聽了想了一想點頭說道這也罷了幸而那盃子是我沒吃過的若是我吃過的我就砸碎了也不能給他你要給他我也不管你只交給他快拿了去罷寶玉道自然如此你那裡和他說話去越發連你都腌臢了只交給我就是了妙玉便命人拿來遞給寶玉寶玉接了又道等我們出去了我叫幾個小么兒來河裡打幾桶水來洗地如何妙玉笑道這更好了只是你囑咐他們抬了水只擱在山門外頭墻根下別進門來寶玉道這是自然的說著便袖著那杯遞給賈母屋裡的小丫頭子拿着說明日劉老老家去給他帶去罷交代明白賈母已經出來要回去妙玉亦不甚留送出山門回身便將門閉了不在話下且說賈母因覺身上乏倦便命王夫人和迎春姐妹陪着薛姨媽去吃酒自己便往稻香村來歇息鳳姐忙命人將小竹椅抬來賈母坐上兩個婆子抬起鳳姐李紈和衆丫頭婆子圍隨去了不在話下這裡薛姨媽也就辭出王夫人打發文官等出去將攢盒散給衆丫頭們吃去自己便也乘空歇着

隨便歪在方纔賈母坐的榻上命一個小丫頭放下簾子來又命他捶着腿吩咐他老太太那裡有信你就叫我說着也歪着睡着了寶玉湘雲等看著丫頭們將攢盒擱在山石上也有坐在山石上的也有坐在草地下的也有靠着樹的也有傍着水的倒也十分熱鬧一時又見鴛鴦來了要帶着劉老老逛衆人也都跟着取笑一時來至省親別墅的牌坊底下劉老老道噯呀這裡還有大廟呢說着便爬下磕頭衆人笑彎了腰劉老老道笑什麼這牌樓上的字我都認得我們那裡這樣廟宇最多都是這樣的牌坊那字就是廟的名字衆人笑道你認得這是什麼廟劉老老便抬頭指那字道這不是玉皇寶殿衆人笑的拍

手打掌還要拿他取笑兒劉老老覺的肚裡一陣亂響忙的拉着一個丫頭要了兩張紙就解裙子衆人又是笑又忙喝他這裡使不得忙命一個婆子帶了東北角上去了那婆子指給他地方便樂得走開去歇息那劉老老因喝了些酒他的脾氣和黃酒不相宜且吃了許多油膩飲食發渴多喝了幾碗茶不免通瀉起來蹲了半日方完及出廁來酒被風吹且年邁之人蹲了半天忽一起身只覺眼花頭暈辨不出路徑四顧一望都是樹木山石樓臺房舍却不知那一處是往那一路去的了只得順着一條石子路慢慢的走來及至到了房子跟前又找不着門再找了半日忽見一帶竹籬劉老老心中自忖道這裡也有

扁豆茄子一面想一面順著花障走來得了個月洞門進去只見迎面一帶水池有七八尺寬石頭鑲岸裡面碧波清水上面有塊白石横架劉老老便踱過石去順着石子甬路走去轉了兩箇灣子只見有個房門於是進了房門便見迎面一個女孩兒滿面含笑的迎出來劉老老忙笑道姑娘們把我丟下了叫我碰頭碰到這裡來了說了只覺那女孩兒不答劉老老便赶來拉他的手咕咚一聲卻撞到板壁上把頭碰的生疼細瞧了一瞧原來是一幅畫兒劉老老自忖道怎麼畫兒有這樣凸出來的一面想一面看一面又用手摸去卻是一色平的點頭嘆了兩聲一轉身方得了個小門門上掛著葱緑撒花軟簾劉老老掀簾進去抬頭一看只見四面墻壁玲瓏剔透琴劍瓶爐皆貼在牆上錦籠紗罩金彩珠光連地下踹的磚皆是碧緑鑿花竟越發把眼花了找門出去那裡有門左一架書右一架屏剛從屏後得了一個門只見一個老婆子也從外面迎着進來劉老老詫異心中恍惚莫非是他親家母因問道你也來了想是見我這幾日没家去虧你找我来那位姑娘帶進來的又見他戴着滿頭花便笑道你好没見世面見這裡的花好你就没死活戴了一頭說著那老婆子只是笑也不答言劉老老便伸手去羞他的臉他也拿手來擋兩個對闖着劉老老一下子卻摸着了但覺那老婆子的臉冰凉挺硬的倒把劉老老嚇了一跳

猛想起常聽見富貴人家有種穿衣鏡這別是我在鏡子裡頭嗎想畢又伸手一抹再細一看可不是四面雕空的板壁將這鏡子嵌在中間的不覺也笑了因說這可怎麼出去呢一面用手摸時只聽硌磴一聲又嚇的不住的展眼兒原來是西洋機括可以開合不意劉老老亂摸之間其力巧合便撞開消息掩過鏡子露出門來劉老老又驚又喜遂走出來忽見有一副最精緻的床帳他此時又帶了七八分酒又走乏了便一屁股坐在床上只說歇歇不承望身不由己前仰後合的朦朧兩眼一歪身就睡倒在床上且說眾人等他不見板兒沒了他老老急的哭了眾人都笑道別是掉在茅廁裡了快叫人去瞧瞧因命

兩個婆子去找回來說沒有眾人納悶還是襲人想道一定他醉了迷了路順著這條路往我們後院子裡去了要進了花障子打後門進去還有小丫頭子們知道若不進花障子再往西南上去可彀他遶會子好的了我瞧瞧去說着便回來進了怡紅院叫人誰知那幾個小丫頭已偷空頑去了襲人進了房門轉過集錦槅子就聽的鼾齁如雷忙進來只聞見酒屁臭氣滿屋一瞧只見劉老老扎手舞脚的仰卧在床上襲人這一驚不小忙上來將他沒死活的推醒那劉老老驚醒睜眼看見襲人連忙爬起來道姑娘我該死了好歹並沒弄腌臢了床一面說用手去撣襲人恐驚動了寶玉只向他搖手兒不叫他說話忙

將當地大鼎內貯了三四把百合香仍用罩子罩上所喜不曾嘔吐忙悄悄的笑道不相干有我呢你跟我出來能劉老老答應着跟了襲人出至小丫頭子們房中命他坐下因教他說道你說醉倒在山子石上打了個盹兒就完了劉老老答應是又給了他兩碗茶吃方覺酒醒了因問道這是那個小姐的繡房這麼精緻我就像到了天宮裡的是的襲人微微的笑道這個麽是寶二爺的卧房啊那劉老老嚇的不敢做聲襲人帶他從前面出去見了衆人只說他在草地下睡着了帶了他來的衆人都不理會也就罷了一時賈母醒了就在稻香村擺晚飯賈母因覺懶懶的也沒吃飯便坐了竹椅小敞轎回至房中歇息命鳳姐兒等去吃飯他姐妹方復進園來未知如何且看下回分解

紅樓夢第四十一回終

紅樓夢第四十二回

蘅蕪君蘭言解疑癖　瀟湘子雅謔補餘音

話說賈母王夫人去後姐妹們復進園來吃飯那劉老老帶著板兒先來見鳳姐兒說明日一早定要家去了雖然住了兩三天日子却不多把古往今來沒見過的沒吃過的沒聽見的都經驗過了難得老太太和姑奶奶並那些小姐們連各房裡的姑娘們都這樣憐貧惜老照看我我這一回去沒別的報答惟有請些高香天天給你們念佛保佑你們長命百歲的就筭我的心了鳳姐兒笑道你別喜歡都是爲你老太太也叫風吹病了躺著嚷不舒服我們大姐兒也着了凉了在那裡發熱呢劉老老聽了忙嘆道老太太有年紀了不慣十分勞乏的鳳姐兒道從來不像昨兒高興往常也進園子逛去不過到一兩處坐坐就來了昨兒因爲你在這裡要叫都逛逛一個園子倒走了多半個大姐兒因爲我找你去太太遞了一塊糕給他誰知風地裡吃了就發起熱來劉老老道妞妞兒只怕不大進園子比不得我們的孩子一會走那個墳圈子裡不跑去一則風拍了也是有的二則只怕他身上干凈眼睛又凈或是遇見什麼神了依我說給他瞧瞧祟書本子仔細撞客着一語提醒了鳳姐兒便叫平兒拿出玉匣記來叫彩明來念彩明翻了一會子念道八月二十五日病者東南方得之有緣死家親女鬼作祟又

選花神用五色紙錢四十張向東南方四十步送之大吉鳳姐兒笑道果然不錯園子裡頭可不是花神只怕老太太也是遇見了一面命人請兩分紙錢來着兩個人來一個與賈母送祟一個與大姐兒送祟果見大姐兒安穩睡了鳳姐兒笑道到底是你們有年紀的經歷的多我們大姐兒時常肯病也不知是什麼原故劉老老道這也有的富貴人家養的孩子都嬌嫩自然禁不得一些兒委屈再他小人兒家過於尊貴了也禁不起巳後姑奶奶倒少疼他些就好了鳳姐兒道也是有的我想起來他還沒個名字你就給他起個名字借借你的壽二則你們是庄家人不怕你惱到底貧苦些你們貧苦人起個名字只怕

壓的住劉老老聽說便想了一想笑道不知他是幾時養的鳳姐兒道正是養的日子不好呢可巧是七月初七日劉老老忙笑道這個正好就叫做巧姐兒好這個叫做以毒攻毒以火攻火的法子姑奶奶定依我這名字必然長命百歲日後大了各人成家立業或一時有不遂心的事必然遇難成祥逢凶化吉都從這巧字兒來鳳姐兒聽了自是歡喜忙謝道只保佑他應了你的話就好了說着叫平兒來吩咐道明兒偺們有事恐怕不得閑兒你這會子閒著把送老老的東西打點了他明兒一早就好走的便宜了劉老老道不敢多破費了巳經遭擾了幾天又拿著走越發心裡不安了鳳姐兒笑道也沒有什麼不過

隨常的東西好也罷歹也罷帶了去你們街坊隣舍看着也熱鬧些也是上城一趟說着只見平兒走來說老老過這邊瞧瞧劉老老忙跟了平兒到那邊屋裡只見堆着半炕東西平兒一一的拿給他瞧着又說道這是昨日你要的青紗一疋奶奶另外送你一個寔地月白紗做裡子這是兩個繭紬做祆兒裙子都好這包袱裡是兩疋綢子年下做件衣裳穿這是一盒子各樣內造小餑餑兒也有你吃過的也有沒吃過的拿去擺碟子請人比買的強些這兩條口袋是你昨日裝菓子的如今這一個裡頭裝了兩斗御田粳米熬粥是難得的這一條裡頭是園子裡的菓子和各樣乾菓子這一包是八兩銀子這都是我們

奶奶的這兩包每包五十兩共是一百兩是太太給的叫你拿去或者做個小本買賣或者置幾畝地以後再別求親靠友的說着又悄悄笑道這兩件祆兒和兩條裙子還有四塊包頭一包絨線可是我送老老的那衣裳雖是舊的我也沒大狠穿你要棄嫌我就不敢說了平兒說一樣劉老老就念一句佛已經念了幾千佛了又見平兒也送他這些東西又如此謙遜忙笑道姑娘說那裡話這樣好東西我還棄嫌我就有銀子沒處買這樣的去呢只是我怪臊的收了不好不收又辜負了姑娘的心平兒笑道別說外話咱們都是自己我纔這麼着你放心收了罷我還和你要東西呢到年下你只把你們晒的那個灰條

菜和豇荳扁荳茄子乾子葫蘆條兒各樣乾菜帶些來我們這裡上上下下都愛吃這個就算了別的一概不要別罔費了心劉老老千恩萬謝的答應了平兒道你只管睡你的去我替你收拾妥當了就放在這裡明兒一早打發小厮們僱輛車裝上不用你費一點心兒劉老老越發感激不盡過來又千恩萬謝的辭了鳳姐兒過賈母這邊睡了一夜次早梳洗了就要告辭因賈母欠安衆人都過來請安出去傳請大夫一時婆子回大夫來了老嬷嬷請賈母進幔子去坐賈母道我也老了那裡養不出那阿物兒來還怕他不成不用放幔子就這樣瞧罷衆婆子聽了便拿過一張小桌子來放下一個小枕頭便命人請一

時只見賈珍賈璉賈蓉三個人將王太醫領來王太醫不敢走甬路只走傍堦跟着賈珍到了台堦上早有兩個婆子在兩邊打起簾子兩個婆子在前導引進去又見寶玉迎接出來見賈母穿着青縐紬一斗珠兒的羊皮褂子端坐在榻上兩邊四個未留頭的小丫鬟都拿著蠅刷漱盂等物又有五六個老嬷嬷雁翅擺在兩傍碧紗厨後隱隱約約有許多穿紅着綠戴寶插金的人王太醫也不敢抬頭忙上來請了安賈母見他穿着六品服色便知是御醫了含笑問供奉好因問賈珍這位供奉貴姓賈珍等忙回姓王賈母笑道當日太醫院正堂有個王君効好脉息王太醫忙躬身低頭含笑因說那是晚生家叔祖賈母

聽了笑道原來這樣也算是世交了一面說一面慢慢的伸手放在小枕頭上嬤嬤端著一張小杌子放在小桌前面略偏些王太醫便盤著一條腿兒坐下歪着頭胗了半日又胗了那隻手忙欠身低頭退出賈母笑說勞動了珍哥讓出去好生看茶賈珍賈璉等忙答應了幾個是復領王太醫到外書房中王太醫說太夫人並無別症偶感了些風寒其實不用吃藥不過略清淡些常煖著點兒就好了如今寫個方子在這裡若老人家愛吃便按方煎一劑吃若懶怠吃也就罷了說着吃茶寫了方子剛要告辭只見奶子抱了大姐兒出來笑說王老爺也瞧瞧我們王太醫聽說忙起身就奶子懷中左手托着大姐兒的手

右手胗了一胗又摸了一摸頭又叫伸出舌頭來瞧瞧笑道我要說了妞兒該罵我了只要清清淨淨的餓兩頓就好了不必吃煎藥我送點丸藥來臨睡用薑湯研開吃下去就好了說畢告辭而去賈珍等拿了藥方來回明賈母原故將藥方放在案上出去不在話下這裡王夫人和李紈鳳姐兒寶釵姐妹等見大夫出去方從櫥後出來王夫人略坐一坐也回房去了劉老老見無事方上來和賈母告辭賈母說閒了再來又命鴛鴦來好生打發劉老老出去我身上不好不能送你劉老老道了謝又作辭方同鴛鴦出來到了下房鴛鴦指炕上一個包袱說道這是老太太的幾件衣裳都是往年間生日節下衆人孝敬的

老太太從不穿人家做的收著也可惜却是一次也没穿過的昨日叫我拿出兩套來送你帶了去或送人或自巳家裡穿罷這盒子裡頭是你要的麵菓子這包兒裡頭是你前兒說的藥梅花點舌丹也有紫金錠也有活絡丹也有催生保命丹也有每一樣是一張方子包着總包在裡頭了這是兩個荷包帶着頑罷說着又抽開繫子掏出兩個筆定如意的錁子來給他瞧又笑道荷包你拿去這個留下給我罷劉老老巳喜出望外早又念了幾千佛聽鴛鴦如此說便忙說道姑娘只管留下罷鴛鴦見他信以爲真笑着仍給他裝上說道哄你頑呢我有好些呢留著年下給小孩子們罷說着只見一個小丫頭拿着個成

窑鍾子來遞給劉老老說道這是寶二爺給你的劉老老道這是那裡說起我那一世修來的今兒這樣說着便接過來鴛鴦道前兒我叫你洗澡換的衣裳是我的你不棄嫌我還有幾件也送你罷劉老老又忙道謝鴛鴦果然又拿出幾件來給他包好劉老老又要到園中辭謝寶玉和衆姊妹王夫人等去鴛鴦道不用去了他們這會子也不見人回來我替你說罷閒了再來又命了一個老婆子吩咐他二門上叫兩個小厮來幫着老老拿了東西送去婆子答應了又和劉老老到了鳳姐兒那邊一併拿了東西在角門上命小厮們搬出去直送劉老老上車去了不在話下且說寶釵等吃過早飯又往賈母處問安回園至

分路之處寶釵便叫黛玉道顰兒跟我來有一句話問你黛玉便笑着跟了來至蘅蕪苑中進了房寶釵便坐下笑道你還不給我跪下我要審你呢黛玉不解何故因笑道你瞧寶丫頭瘋了審我什麼寶釵冷笑道好個千金小姐好個不出閨門的女孩兒滿嘴裡說的是什麼你只寔說罷黛玉不解只管發笑心裡也不免疑惑口裡只說我何曾說什麼你不過要捏我的錯兒罷咧你倒說出來我聽聽寶釵笑道你還裝憨兒呢昨兒行酒令兒你說的是什麼我竟不知是那裡來的黛玉一想方想起昨兒失於檢點那牡丹亭西廂記說了兩句不覺紅了臉便上來摟着寶釵笑道好姐姐原是我不知道隨口說的你教給

我再不說了寶釵笑道我也不知道聽你說的怪好的所以請教你黛玉道好姐姐你別說給別人我再不說了寶釵見他羞的滿臉飛紅滿口央告便不肯再往下問因拉他坐下吃茶款款的告訴他道你當我是誰我也是個淘氣的從小兒七八歲上也彀個人纏的我們家也筭是個讀書人家祖父手裡也極愛藏書先時人口多姊妹弟兄也在一處都怕看正經書弟兄們也有愛詩的也有愛詞的諸如這些西廂琵琶以及元人百種無所不有他們背着我們偷看我們也背着他們偷看後來大人知道了打的打罵的罵燒的燒丢開了所以偺們女孩兒家不認字的倒好男人們讀書不明理尚且不如不讀書的好

何況你我連做詩寫字等事這也不是你我分內之事究竟也不是男人分內之事男人們讀書明理輔國治民這纔是好只是如今並聽不見有這樣的人讀了書倒更壞了這並不是書誤了他可惜他把書遭塌了所以竟不如耕種買賣倒沒有什麽大害處至於你我只該做些針線紡績的事纔是偏又認得幾個字既認得了字不過揀那正經書看也罷了最怕見些雜書移了性情就不可救了一夕話說的黛玉垂頭吃茶心下暗服只有答應是的一字忽見素雲進來說我們奶奶請二位姑娘商議要緊的事呢二姑娘三姑娘四姑娘史姑娘寶二爺都等著呢寶釵道又是什麽事黛玉道咱們到了那裡就知道了

說著便和寶釵往稻香村來果見眾人都在那裡李紈見了他兩個笑道社還沒起就有脫滑兒的了四丫頭要告一年的假呢黛玉笑道都是老太太昨兒一句話又叫他畫什麽園子圖兒惹的他樂得告假了探春笑道也別怪老太太都是劉老老一句話黛玉忙笑接道可是呢都是他一句話他是那一門子的老老直叫他是個母蝗虫就是了說著大家都笑起來寶釵笑道世上的話到了二嫂子嘴裡也就盡了幸而二嫂子不認得字不大通不過一槩是市俗取笑兒更有顰兒這促狹嘴他用春秋的法子把市俗粗話撮其要刪其繁再加潤色比方出來一句是一句這母蝗虫三字把昨兒那些形景都畫出來了

虧他想的倒也快眾人聽了都笑道你這一註解也就不在他兩個以下了李紈道我請你們大家商議給他多少日子的假我給了他一個月的假他嫌少你們怎麼說黛玉道論理一年也不多這園子蓋就蓋了一年如今要畫自然得二年的工夫呢又要研墨又要蘸筆又要鋪紙又要着顏色又要剛說到這裡黛玉也自已掌不住笑道又要照着樣兒慢慢的畫可不得二年的工夫眾人聽了都拍手笑個不住寶釵笑道有趣最妙落後一句是慢慢的畫他可不畫去怎麼就有了呢所以昨兒那些笑話兒雖然可笑回想是沒趣的你們細想顰兒這幾句話雖沒什麼回想却有滋味我倒笑的動不得了惜春道都是寶姐姐讚的他越發逞強這會子又拿我取笑兒黛玉忙拉他笑道我且問你還是單畫這園子呢還是連我們眾人都畫在上頭呢惜春道原是只畫這園子昨兒老太太又說單畫園子成了房樣子了叫連人都畫上就像行樂圖兒纔好我又不會這工細樓臺又不會畫人物又不好駁回正爲這個爲難呢黛玉道人物還容易你草蟲上不能李紈道你又說不通的話了這上頭那裡又用草蟲兒呢或者翎毛倒要點綴一兩樣黛玉笑道別的草蟲兒罷了昨兒的母蝗蟲不畫上豈不缺了典呢眾人聽了都笑起來黛玉一面笑的兩隻手捧着胸口一面說道你快畫罷我連題跋都有了起了名字就叫做攜蝗大嚼

圖衆人聽了越發鬨然大笑的前仰後合只聽咕咚一聲响不知什麽倒了急忙看時原來是湘雲伏在椅子背兒上那椅子原不曾放穩被他全身伏着背子大笑他又不防兩下裏錯了笋向東一歪連人帶椅子都歪倒了幸有板壁擋住不曾落地衆人一見越發笑個不住寶玉忙赶上去扶住了起來方漸漸止了笑寶玉和黛玉使個眼色兒黛玉會意便走至裏間將鏡袱揭起照了照只見兩鬢畧鬆了些忙開了李紈的粧奩拿出抿子來對鏡抿了兩抿仍舊收拾好了方出来指著李紈道這是叫你帶著我們做針線教道理呢你反招了我們來大頑大笑的李紈笑道你們聽他這刁話他領着頭兒閙引着人笑了

倒賴我的不是真真恨的我只保佑你明兒得一個利害婆婆再得幾個千刁萬惡的大姑子小姑子試試你那會子還這麽刁不刁了黛玉早紅了臉拉着寶釵說咱們放他一年的假罷寶釵道我有一句公道話你們聽聽藕丫頭雖會畫不過是幾筆寫意如今畫這園子非離了肚子裏頭有些邱壑的如何成畫這園子却是像畫兒一般山石樹木樓閣房屋遠近疎密也不多也不少恰恰的是這樣你若照樣兒往紙上一畫是必不能討好的這要看紙的地步遠近該多該少分主分賓該添的要添該藏該减的要藏要减該露的要露這一起了稿子再端詳斟酌方成一幅圖樣第二件這些樓臺房舍是必要界劃的

一點兒不留神欄杆也歪了柱子也塌了門窗也倒豎過來堦磯也離了縫甚至桌子擠到墻裡頭去花盆放在簾子上來豈不倒成了一張笑話兒了第三要安插人物也要有疎密有高低衣摺裙帶指手足步最是要緊一筆不細不是腫了手就是瘸了腳染臉撕髮倒是小事依我看來竟難的狠如今一年的假也太多一月的假也太少竟給他半年的假再派了寶兄弟幫着他並不是為寶兄弟知道教着他畫那就更悞了事為的是有不知道的或難安插的寶兄弟拿出去問問那會畫的先生們先

聽了先喜的說這話極是詹子亮的工細

美人是絕技如今就問他們去寶釵道

我說你是無事忙說了一聲你就問他去也等着商議定了再去如今且說拿什麼畫寶玉道家裡有雪浪紙又大又托墨寶釵冷笑道我說你不中用那雪浪紙寫字畫寫意畫兒或是會山水的畫南宋山水托墨禁得皴染拿了畫這個又不托色又難烘畫也不好紙也可惜我教給你一個法子原先蓋這園子就有一張細緻圖樣雖是畫工描的那地步方向是不錯的你和太太要出來也比着那紙的大小和鳳姐姐要一塊重絹交給外邊相公們叫他照着這圖樣刪補着立了稿子添了人物就是了就是配這些青綠顏色並泥金泥銀也得他們配去你們也得另攏上風爐子預備化膠出膠洗筆還得一個粉油大

案鋪上毡子你們那些碟子也不全筆也不全都從新再弄一分兒纔好惜春道我何曾有這些畫器不過隨手的筆畫畫罷了就是顏色只有赭石廣花籐黃胭脂這四樣再有不過是兩支着色的筆就完了寶釵道你何不早說這些東西我却還有只是你用不著給你也白放着如今我且替你收着等你用著這個的時候我送你些也只可留著畫扇子若畫這大幅的也就可惜了今兒替你開個單子照着單子和老太太要去你們也未必知道的全我說着寶兄弟寫寶玉早已預備下筆硯了原怕記不清白要寫了記着聽寶釵如此說喜的提起筆來靜聽寶釵說道頭號排筆四支二號排筆四支三號排筆四支大

染四支中染四支小染四支大南蟹爪十支小蟹爪十支鬚眉十支大着色二十支小着色二十支開面十支柳条二十支箭頭珠四兩南赭四兩石黃四兩石青四兩石綠四兩管黃四兩廣花八兩鉛粉十四匣胭脂十二帖大赤二百帖青金二百帖廣勻膠四兩淨礬四兩礬絹的膠礬在外别管他們只把絹交出去叫他們礬去這些顏色偺們淘澄飛跌着又頑了又使了包你一輩子都彀使了再要頂細絹籮四個粗籮二個担筆四支大小乳鉢四個大粗碗二十個五寸碟子十個三寸粗白碟子二十個風爐兩個沙鍋大小四個新磁缸二口新水桶二隻一尺長白布口袋四個浮炭二十觔柳木炭一二觔三屜木箱

一個實地紗一丈生薑二兩醬半斤黛玉忙笑道鐵鍋一口鐵鏟一個寶釵道這做什麽黛玉道你要生薑和醬這些作料我替你要鐵鍋來好炒顏色吃啊衆人都笑起來寶釵笑道顰兒你知道什麽那粗磁碟子保不住不上火烤不拿薑汁子和醬預先抹在底子上烤過一經了火是要炸的衆人聽說都道這就是了黛玉又看了一回單子笑着拉探春悄悄的道你瞧瞧畫個畫兒又要起這些水缸箱子來想必糊塗了把他的嫁裝單子也寫上了探春聽了笑個不住說道寶姐姐你還不擰他的嘴你問問他編派你的話寶釵笑道不用問狗嘴裡還有象牙不成一面說一面走上來把黛玉按在炕上便要擰他的臉

黛玉笑著忙央告道好姐姐饒了我罷顰兒年紀小只知說不知道輕重做姐姐的教導我姐姐不饒我我還求誰去呢衆人不知話內有因都笑道說的好可憐見兒的連我們也軟了饒了他罷寶釵原是和他頑忽聽他又拉扯上前番說他胡看雜書的話便不好再和他鬧了放起他來黛玉笑道到底是姐姐要是我再不饒人的寶釵笑指他道怪不得老太太疼你衆人愛你今兒我也怪疼你的了過來我替你把頭髮籠籠黛玉果然轉過身來寶釵用手籠上去寶玉在傍看著只覺更好不覺後悔不該令他抿上鬢去也該留着此時叫他替他抿上去正自胡想只見寶釵說道寫完了明兒回老太太去若家裡有

的就罷若没有的就拿些錢去買了來我幫着你們配寶玉忙收了单子大家又說了一回閑話兒至晚飯後又往賈母處來請安賈母原没有大病不過是勞乏了兼着了些涼温存了一日又吃了一兩劑藥發散了發散至晚也就好了不知次日又有何話下回分解

紅樓夢第四十二回終

紅樓夢第四十三回

閒取樂偶攢金慶壽　不了情暫撮土為香

話說王夫人因見賈母那日在大觀園不過着了些風寒不是什麽大病請醫生吃了兩劑藥也就好了命鳳姐來吩咐他預備給賈政帶送東西正商議着只見賈母打發人來叫王夫人忙引着鳳姐兒過來王夫人又請問這會子可又覺大安些賈母道今日可大好了方纔你們送來野雞崽子湯我嚐了一嚐倒有味兒又吃了兩塊肉心裡狠受用王夫人笑道這是鳳丫頭孝敬老太太的筭他的孝心虔不枉了素日老太太疼他賈母點頭笑道難為他想着若是還有生的再炸上兩塊鹹浸浸的喝粥有味兒那湯雖好就只不對稀飯鳳姐聽了連忙答應命人到大廚房傳話這裡賈母又向王夫人笑道我打發人找你來不為別的初二日是鳳丫頭的生日上兩年我原想着替他做生日偏到跟前又有事就混過去了今年人又齊全料着又沒事偺們大家好生樂一天王夫人笑道我也想着呢既是老太太高興何不就商議定了賈母笑道我想往年不拘誰做生日都是各自送各自的禮這個也俗了也覺太生分今兒我出個新法子又不生分又可以取樂兒王夫人忙道老太太怎麽想着好就是怎麽樣行賈母笑道我想着偺們也學那小家子大家湊個分子多少儘着這錢去辦你說好不好王夫人道

這個狠好但不知怎麽個凑法兒賈母應說一發高興起來忙遣人去請薛姨媽邢夫人等又叫請姑娘們並寶玉和那府裡的尤氏和賴大家的及有些頭臉管事的媳婦也都叫了來衆丫頭婆子見賈母十分高興也都高興忙忙的各自分頭去請的請傳的傳没頓飯的工夫老的少的上的下的烏壓壓擠了一屋子只薛姨媽和賈母對坐邢夫人王夫人只坐在房門前兩張椅子上寶釵姐妹等五六個人坐在炕上寶玉坐在賈母懷前底下滿滿的站了一地賈母忙命拿幾張小杌子來給賴大母親等幾個高年有體面的嬷嬷坐了賈府風俗年高伏侍過父母的家人比年輕的主子還有體面所以尤氏鳳姐等只管地下站着那賴大的母親等三四個老嬷嬷告了罪都坐

在小杌子上賈母笑着把方纔一夕話說與衆人聽了衆人誰不湊這趣兒呢再也有和鳳姐兒好情願這樣的也有怕鳳姐兒巴不得奉承他的況且都是拿的出來的所以一聞此言都欣然應諾賈母先道我出二十兩薛姨媽笑道我隨著老太太也是二十兩邢夫人王夫人笑道我們不敢和老太太並肩自然矮一等每人十六兩罷了尤氏李紈也笑道我們自然又矮一等每人十二兩罷賈母忙和李紈道你寡婦失業的那裡還拉你出這個錢我替你出了罷鳳姐忙笑道老太太別高興且算一算賬再攬事老太太身上已有兩分呢這會子又替大嫂

子出十六兩說着高興一會子再想又心疼了過後兒又說都是爲鳳丫頭花了錢使個巧法子哄着我拿出三四倍子來暗裡補上我還做夢呢說的衆人都笑了賈母笑道依你怎麼樣呢鳳姐笑道生日沒到我這會子已經折受的不受用了我一個錢也不出驚動這些人實在不安不如大嫂子這分我替他出了罷我到那一日多吃些東西就享了福了邢夫人等聽了都說狠是賈母方允了鳳姐兒又笑道我還有一句話呢我想老祖宗自己二十兩又有林妹妹寶兄弟的兩分子姨媽自己二十兩又有寶妹妹的一分子這倒也公道只是二位太太每位十六兩自己又少又不替人出這有些不公道老祖宗吃了

虧了賈母聽了呵呵大笑道到底是我的鳳丫頭向着我這說的狠是要不是你我叫他們又哄了去了鳳姐笑道老祖宗只把他哥兒兩個交給兩位太太一位占一個派每位替出一分就是了賈母忙說這狠公道就是這樣賴大的母親忙站起來笑道這可反了我替二位太太生氣在那邊是兒子媳婦在這邊是內姪女兒倒不向著婆婆姑姑倒向著別人這兒媳婦倒成了陌路人內姪女兒倒成了外姪女兒了說的賈母和衆人都大笑起來了賴大的母親因又問道少奶奶們十二兩我們自然也該矮一等了賈母聽說道這使不得你們雖該矮一等我知道你們這幾個都是財主位雖低些錢却比他們多你

們和他們一例纔使得衆嬤嬤聽了連忙答應賈母又道姑娘們不過應個景兒每人照一個月的月例就是了又回頭叫鴛鴦來你們也湊幾個人商議湊了來鴛鴦答應着去不多時帶了平兒襲人彩霞等還有幾個丫頭來也有二兩的也有一兩的賈母因問平兒你難道不替你主子做生日還入在這裡頭平兒笑道我那個私自另外的有了這是公中的也該出一分賈母笑道這纔是好孩子鳳姐又笑道上下都全了還有二位姨奶奶他出不出也問一聲兒儘到他們是理不然他們只當小看了他們了賈母聽說忙說可是呢怎麽倒忘了他們只怕他們不得閑兒叫個丫頭問問去說著早有丫頭去了半日回

來說道每位也出二兩賈母喜歡道拿筆硯來算明共計多少尤氏因悄悄的罵鳳姐道我把你這沒足殼的小蹄子兒這麽些婆婆嬸子湊銀子給你做生日你還不殼又拉上兩個苦瓠子鳳姐也悄悄的笑道你少胡說一會子離了這裡我纔和你算賬他們兩個爲什麽苦呢有了錢也是白塡還別人不如拘了來偺們樂說着早已合了共湊了一百五十兩有零賈母道一天戲酒用不了尤氏道既不請客酒席又不多兩三日的用度都殼了頭等戲不用錢省在這上頭賈母道鳳丫頭說那一班好就傳那一班鳳姐道偺們家的班子都聽熟了倒是花幾個錢叫一班來聽聽罷賈母道這件事我交給珍哥媳婦了越

發叫鳳丫頭別操一點心兒受用一日纔算尤氏答應着又說了一回話都知賈母乏了纔漸漸的散出來尤氏等送出邢夫人王夫人二人散去因往鳳姐房裡來商議怎麼辦生日的話鳳姐兒道你不用問我你只看老太太的眼色兒行事就完了尤氏笑道你這麼個阿物兒也忒行了大運了我當有什麼事叫我們去原來單爲這個出了錢不算還叫我操心你怎麼謝我鳳姐笑道別扯臊我又沒叫你來謝你什麼你怕操心你這會子就回老太太去再派一個就是了尤氏笑道你瞧瞧把他倖的這個樣兒我勸你收着些兒好太滿了就要流出來了二人又說了一回方散次日將銀子送到寧國府來尤氏方纔起

來梳洗因問是誰送過來的丫頭們回說林媽尤氏便命叫了他來丫頭們走至下房叫了林之孝家的過來尤氏命他脚踏上坐了一面忙着梳洗一面問他這一包銀子共多少林之孝家的回說這是我們底下人的銀子湊了先送過來老太太和太太們的還沒有呢正說着丫頭們回說那府裡的姨太太打發人送了分子來了尤氏笑罵道小蹄子們耑會記得這些沒要緊的話昨兒不過是老太太一時高興故意兒的學那小家子湊分子你們就記得了到了你們嘴裡當正經話說還不快接進來呢丫頭們笑着忙接銀子進來一共兩封連寶釵黛玉的都有了尤氏問還少誰的林之孝家的道還少老太太太太

姑娘們的我們底下姑娘們的尤氏道還有你們大奶奶的呢林之孝家的道奶奶過去這銀子都從二奶奶手裡發一共都有了說着尤氏梳洗了命人伺候車輛一時來至榮府先來見鳳姐只見鳳姐已將銀子封好正要送去尤氏問都齊了麽鳳姐笑道都有了快拿去罷丢了我不管尤氏笑道我有些信不及倒要當面點一點說着果然按數一點只沒有李紈的一分尤氏笑道我說你鬧鬼呢怎麽你大嫂子的沒有鳳姐笑道那麽些還不彀短一分兒也罷了等不彀了我再找給你尤氏道昨兒你在人跟前做情今兒又來和我賴這我可不依你我只和老太太要去鳳姐笑道我看你利害明兒有了事我也丁

是丁卯是卯的你也別抱怨尤氏笑道只這一分兒不給也罷可要不看你素日孝敬我我本來依你麽說着把平兒的一分也拿出來說道平兒來把你的收了去等不彀了我替你添上平兒會意笑道奶奶先使着若剩下了再賞我一樣尤氏笑道只許你主子作弊就不許我作情嗎平兒只得收了尤氏又道我看着你主子這麽細緻弄這些錢那裡使去使不了明兒帶了棺材裡使去一面說著一面又往賈母處來先請了安大槩說了兩句話便走到鴛鴦房中和鴛鴦商議只聽鴛鴦的主意行事何以討賈母喜歡二人計議妥當尤氏臨走時也把鴛鴦的二兩銀子還他說這還使不了呢說著一逕出來又至王夫

人跟前說了一回話因王夫人進了佛堂把彩雲的一分也還了他鳳姐兒不在跟前一時把周趙二人的也還了他兩個還不敢收尤氏道你們可憐見的那裡有這些閒錢鳳丫頭便知道了有我應著呢二人聽說千恩萬謝的收了轉眼已是九月初二日園中人都打聽得尤氏辦得十分熱鬧不但有戲連耍百戲並說書的女先兒全有都打點着取樂頑耍李紈又向衆姐妹道今兒是正經社日可別忘了寶玉也不來想必他不知又貪住什麼頑意兒把這事又忘了說着便命丫頭去瞧做什麼呢快請了來丫頭去了半日回說花大姐姐說今兒一早就出門去了衆人聽了都詫異說再没有出門之理這丫頭糊塗

因又命翠墨去一時翠墨回來說可不真出門了說有個朋友死了出去探喪去了探春道斷然没有的事憑他什麼去没有今日出門之理你叫襲人來我問他剛說著只見襲人走來李紈等都說道今兒憑他有什麼事也不該出門頭一件你二奶奶的生日老太太都這麼高興兩府上下都湊熱鬧兒他倒走了第二件又是頭一社的正日子也不告假就私自去了襲人嘆道昨兒晚上就說了今兒一早有要緊的事到北靜王府裡去就趕着回來勸他別去他必不依今兒一早起來又要素衣裳穿想必是北靜王府裡要緊的什麼人没了也未可知李紈等道若果如此也該去走走只是也該回來了說着大家又商

議咱們只管作詩等他來罰他剛說着只見賈母已打發人來請便都往前頭去了襲人回明寶玉的事賈母不樂便命人接去原來寶玉心裡有件心事於頭一日就吩咐焙茗明日一早出門備兩匹馬在後門口等着不用別人跟着說給李貴我往北府裡去了倘或要有人找我叫他攔住不用找只說北府裡留下了橫豎就來的焙茗也摸不著頭腦只得依言說了今兒一早果然備了兩匹馬在園後門等著天亮了只見寶玉遍體純素從角門出來一語不發跨上馬一灣腰順着街就趲下去了焙茗也只得跨上馬加鞭趕上在後面忙問往那裡去寶玉道這條路是往那裡去的焙茗道這是出北門的大道出去了冷清清沒有什麼頑的寶玉聽說點頭道正要冷清清的地方說着越發加了兩鞭那馬早已轉了兩個灣子出了城門焙茗越發不得主意只得緊緊的跟着一氣跑了七八里路出來人烟漸漸稀少寶玉方勒住馬回頭問焙茗道這裡可有賣香的焙茗道香倒有不知是那一樣寶玉想道別的香不好須得檀芸降三樣焙茗笑道這三樣可難得寶玉為難焙茗見他為難因問道要香做什麼使我見二爺時常帶的小荷包兒有散香何不找一找一句提醒了寶玉便回手衣襟上掛着個荷包摸了一摸竟有兩星沉速心內喜歡只是不恭些再想自己親身帶的倒比買的又好些於是又問爐炭焙茗道這可罷了荒郊野

外那裡有既用這些何不早說帶了來豈不便宜寶玉道糊塗東西要可以帶了來又不這樣沒命的跑了焙茗想了半日笑道我得了個主意不知二爺心下如何我想來二爺不止用這個只怕還要用別的這也不是事如今我們索性往前再走二里就是水仙菴了寶玉聽了忙問水仙菴就在這裡更好了我們就去說着就加鞭前行一面回頭向焙茗道這水仙菴的姑子長往偺們家去這一去到那裡和他借香爐使使他自然是肯的焙茗道別說是偺們家的香火就是平白不認識的廟裡和他借他也不敢駁回只是一件我常見二爺最厭這水仙菴的如何今兒又這樣喜歡了寶玉道我素日最恨俗人不知原

故混供神混蓋廟這都是當日有錢的老公們和那些有錢的愚婦們聽見有個神就蓋起廟來供着也不知那神是何人因聽些野史小說便信真了比如這水仙菴裡面因供的是洛神故名水仙菴殊不知古來並沒有個洛神那原是曹子建的謊話誰知這起愚人就塑了像供着今兒却合我的心事故借他一用說着早已來至門前那老姑子見寶玉來了事出意外竟像天上掉下個活龍來的一般忙上來問好命老道來接馬寶玉進去也不拜洛神之像却只管賞鑒雖是泥塑的却真有那翩若驚鴻婉若游龍荷出綠波日映朝霞的姿態寶玉不覺滴下淚來老姑子獻了茶寶玉因和他借香爐燒香那姑子去了

半日連香供紙馬都預備了來寶玉一槩不用說道命焙茗捧着爐出至後園中揀一塊干淨地方兒竟揀不出焙茗道那井臺上如何寶玉點頭一齊來至井臺上將爐放下焙茗站過一傍寶玉掏出香來焚上含淚施了半禮回身命收了去焙茗答應且不收忙爬下磕了幾個頭口內祝道我焙茗跟二爺這幾年二爺的心事我沒有不知道的只有今兒這一祭祀沒有告訴我我也不敢問只是受祭的陰魂雖不知名姓想來自然是那人間有一天上無雙極聰明清雅的一位姐姐妹妹了二爺的心事難出口我替二爺祝贊你你若有靈有聖我們二爺這樣想著你你也時常來望候望候二爺未嘗不可你在陰間保

佑二爺來生也變個女孩兒和你們一處頑耍豈不兩下裡都有趣了說畢又磕了幾個頭纔爬起來寶玉聽他沒說完便掌不住笑了因踢他道別胡說看人聽見笑話焙茗起來收過香爐和寶玉走着因道我已經合姑子說了二爺還沒用飯叫他收拾了些東西二爺免强吃些我知道今兒裡頭大排筵宴熱鬧非常二爺爲此纔躲了來的橫竪在這裡清淨一天也就儘夠了要不吃東西斷使不得寶玉道戲酒不吃這隨便的吃些也不妨焙茗道這纔是還有一說偺們來了必有人不放心若沒有人不放心便晚晚進城何妨若有人不放心二爺須得進城回家去纔是第一老太太太太也放了心第二禮也盡了不

過這麽着就是家去聽戲喝酒也並不是爺有意原是陪着父母盡個孝道兒要單爲這個不顧老太太太太懸心就是纔受祭的陰魂兒也不安哪二爺想我這話怎麽樣寶玉笑道你的意思我猜著了你想着只你一個跟了我出來回來你怕擔不是所以拿這大題目來勸我我纔來了不過爲盡個禮再去吃酒看戲並没說一日不進城這已經完了心愿赶着進城大家放心就是了焙茗道這更好說著二人來至禪堂果然那姑子收拾了一桌好素菜寶玉胡亂吃了些焙茗也吃了二人便上馬仍回舊路焙茗在後面只囑咐二爺好生騎着這馬總没大騎手提緊着些兒一面說着早已進了城仍從後門進去忙忙

來至怡紅院中襲人等都不在屋裡只有幾個老婆子看屋子見他來了都喜的眉開眼笑道阿彌陀佛可來了没把花姑娘急瘋了呢上頭正坐席呢二爺快去罷寶玉聽說忙將素衣脫了自已找了顏色吉服換上便問道都在什麽地方坐席呢老婆子們回道在新蓋的大花廳上呢寶玉聽了一逕往花廳上來耳内早隱隱聞得簫管歌吹之聲剛到穿堂那邊只見玉釧兒獨坐在廊簷下垂淚一見寶玉來了便長出了一口氣咂着嘴兒說道噯鳳凰來了快進去罷再一會子不來可就都反了寶玉陪笑道你猜我往那裡去了玉釧兒把身一扭也不理他只管拭淚寶玉只得悏悏的進去了到了花廳上見了賈母王

夫人等衆人眞如得了鳳凰一般賈母先問道你往那裡去了這早晚纔來還不給你姐姐行禮去呢因笑着又向鳳姐兒道你兄弟不知好歹就有要緊的事怎麼也不說一聲兒就私自跑了這還了得明兒再這樣等你老子回家必告訴他打你鳳姐兒笑着道行禮倒是小事寶兄弟明兒斷不可不言語一聲兒也不傳人跟着就出去街上車馬多頭一件叫人不放心再也不像咱們這樣人家出門的規矩這裡賈母又罵跟的人爲什麽都聽他的話說往那裡去就去了也不回一聲兒一面又問他到底往那裡去了可吃了什麽沒有唬着了沒有寶玉只回說北靜王的一個愛妾沒了今日給他道惱去我見他哭的

那樣不好撇下他就回來所以多等了會子賈母道以後再私自出門不先告訴我一定叫你老子打你寶玉連忙答應着賈母又要打跟的人衆人又勸道老太太也不必生氣了他已經答應不敢了況且回來又沒事大家該放心樂一會子了賈母先不放心自然著急發狠今見寶玉回來喜且有餘那裡還恨也就不提了還怕他不受用或者別處沒吃飯路上着了驚恐反又百般的哄他襲人早已過來伏侍大家仍就聽戲當日演的是荊釵記賈母薛姨媽等都看的心酸落淚也有笑的也有恨的也有駡的要知端底下回分解

紅樓夢第四十三回終

紅樓夢第四十四回

變生不測鳳姐潑醋　喜出望外平兒理粧

話說寶玉和姐妹一處坐着同衆人看演荆釵記黛玉因看到男祭這齣上便和寶釵說道這王十朋也不通的狠不管在那裡祭一祭罷了必定跑到江邊上來做什麼俗語說覩物思人天下的水總歸一源不拘那裡的水舀一碗看着哭去也就盡情了寶釵不答寶玉聽了却又發起獃來且說賈母心想今日不比往日定要教鳳姐痛樂一日本自已懶怠坐席只在裡間屋裡榻上歪着和薛姨媽看戲隨心愛吃的揀幾樣放在小几上隨意吃着說話兒將自已兩桌席面賞那沒有席面的大小丫頭並那應着差的婦人等命他們在窻外廊簷下也只管坐着隨意吃喝不必拘理王夫人和邢夫人在地下高桌上坐著外面幾席是他們姐妹們坐賈母不時吩咐尤氏等讓鳳丫頭坐上面你們好生替我待東難爲他一年到頭辛苦尤氏答應了又笑回道他說坐不慣首席坐在上頭橫不是竪不是的酒也不肯喝賈母聽了笑道你不會等我親自讓他去鳳姐兒忙也進來笑說老祖宗別信他們的話我喝了好幾鍾了賈母笑着命尤氏等拉他出去按在椅子上你們都輪流敬他他再不吃我當眞的就親自去了尤氏聽說忙笑着又拉他出來坐下命人拿了臺盞斟了酒笑道一年到頭難爲你孝順老太太太

太和我我今兒没什麽疼你的親自斟酒我的乖乖你在我手裡喝一口罷鳳姐兒笑道你要安心孝敬我跪下我就喝尤氏笑道說的你不知是誰我告訴你說罷好容易今兒這一遭過了後兒知道還得像今兒這樣的不得了趁着儘力灌兩鍾子罷鳳姐兒見推不過只得喝了兩鍾接着衆姐妹也來鳳姐也只得每人的喝了兩口賴嬤嬤見賈母尚且這等高興也少不得來湊趣兒領著些嬤嬤們也來敬酒鳳姐兒也難推脫只得喝了兩口鴛鴦等也都來敬鳳姐兒眞不能了忙央告道好姐姐們饒了我罷我明兒再喝罷鴛鴦笑道眞個的我們是没臉的了就是我們在太太跟前太太還賞個臉兒呢往常倒有些

體面今兒當着這些人倒做起主子的款兒來了我原不該來不喝我們就走說着眞個回去了鳳姐兒忙忙拉住笑道好姐姐我喝就是了說着拿過酒來滿滿的斟了一盃喝乾鴛鴦方笑了散去然後又入席鳳姐兒自覺酒沉了心裡突突的往上撞要往家去歇歇只見那耍百戲的上來便和尤氏說預備賞錢我要洗洗臉去尤氏點頭鳳姐兒瞅人不防便出了席往房門後簷下走來平兒留心也忙跟了來鳳姐便扶着他纔至穿廊下只見他屋裡的一個小丫頭子正在那裡站著見他兩個來了回身就跑鳳姐兒便疑心忙叫那丫頭先只粧聽不見無奈後面連聲兒叫也只得回來鳳姐兒越發起了疑心忙和平

兒進了穿廊叫那小丫頭子也進來把槅扇開了鳳姐坐在當院子的臺堦上命那丫頭子跪下喝命平兒叫兩個二門上的小厮來拿繩子鞭子把眼睛裡沒主子的小蹄子打爛了那小丫頭子已經嚇的魂飛魄散哭着只管碰頭求饒鳳姐兒問道我又不是鬼你見了我不識規矩站住怎麽倒往前跑小丫頭子哭道我原没看見奶奶來我又惦記着屋裡沒人纔跑來着鳳姐兒道屋裡既没人誰叫你又來的你就没看見我和平兒在後頭扯着脖子叫了你十來聲越叫越跑離的又不遠你聾了嗎你還和我强嘴說着揚手一巴掌打在臉上打的那小丫頭子一栽這邊臉上又一下登時小丫頭子兩腮紫脹起來平兒忙勸奶奶仔細手疼鳳姐便說你再打著問他跑什麽他再不說把嘴撕爛了他的那小丫頭子先還强嘴後來聽見鳳姐兒要燒了紅烙鐵來烙嘴方哭道二爺在家裡打發我來這裡瞧着奶奶要見奶奶散了先叫我送信兒去呢不承望奶奶這會子就來了鳳姐兒見話裡有文章便又問道叫你瞧着我做什麽難道不叫我家去嗎必有別的原故快告訴我我從此以後疼你你要不實說立刻拿刀子來割你的肉說着回頭向頭上拔下一根簪子來向那丫頭嘴上亂戳嚇的那丫頭一行躲一行哭求道我告訴奶奶可別說我說的平兒一傍勸一面催他叫他快說丫頭便說道二爺也是纔來來了就開箱子拿了

兩塊銀子還有兩支簪子兩疋緞子叫我悄悄的送與鮑二的老婆去叫他進來他收了東西就往偺們屋裡來了二爺叫我瞧着奶奶底下的事我就不知道了鳳姐聽了已氣的渾身發軟忙立起身來一逕來家剛至院門只見有一個小丫頭在門前探頭兒一見了鳳姐也縮頭就跑鳳姐兒提着名字喝住那丫頭本來伶俐見躲不過了越發的跑出來了笑道我正要告訴奶奶去呢可巧奶奶來了鳳姐道告訴我什麼那丫頭便說二爺在家道般如此將方纔的話也說了一遍鳳姐啐道你早做什麼了這會子我看見你了你來推干净兒說着揚手一下打的那丫頭一個趔趄便攝脚兒走了鳳姐來至窗前往裡聽

時只聽裡頭說笑道多早晚你那閻王老婆死了就好了賈璉道他死了再娶一個也這麼着又怎麼樣呢那個又道他死了你倒是把平兒扶了正只怕還好些賈璉道如今連平兒他也不叫我沾一沾了平兒也是一肚子委屈不敢說我命裡怎麼就該犯了夜叉星鳳姐聽了氣的渾身亂戰又聽他們都讚平兒便疑平兒素日背地裡自然也有怨言了那酒越發湧上來了也並不忖奪回身把平兒先打了兩下子一脚踢開了門進去也不容分說抓着鮑二家的就撕打又怕賈璉走了堵着門站着罵道好娼婦你偷主子漢子還要治死主子老婆平兒過來你們娼婦們一條籐兒多嫌着我外面兒你哄我說着又把

平兒打了幾下打的平兒有冤無處訴只氣得干哭罵道你們做這些没臉的事好好的又拉上我做什麽說着也把鮑二家的撕打起來賈璉也因吃多了酒進來高興不曾做的機密一見鳳姐來了早没了主意又見平兒也鬧起來把酒也氣上來了鳳姐兒打鮑二家的他已又氣又愧只不好說的今見平兒也打便上來踢罵道好娼婦你也動手打人平兒氣怯忙住了手哭道你們背地裡說話爲什麽拉我呢鳳姐見平兒怕賈璉越發氣了又赶上來打着平兒偏叫打鮑二家的平兒急了便跑出來找刀子要尋死外面衆婆子丫頭忙攔住解勸這裡鳳姐見平兒尋死去便一頭撞在賈璉懷裡叫道他們一條籐兒害我被我聽見倒都唬起我來你來勒死我罷賈璉氣的墻上拔出劒來說道不用尋死我真急了一齊殺了我償了命大家干净正鬧的不開交只見尤氏等一羣人來了說這是怎麽說纔好好的就鬧起來賈璉見了人越發倚酒三分醉逞起威風來故意要殺鳳姐兒鳳姐兒見人來了便不似先前那般潑了撂下衆人便哭着往賈母那邊跑此時戲已散了鳳姐跑到賈母跟前爬在賈母懷裡只說老祖宗救我璉二爺要殺我呢賈母邢夫人王夫人等忙問怎麽了鳳姐兒哭道我纔家去換衣裳不妨璉二爺在家和人說話我只當是有客來了唬的我不敢進去在窗戶外頭聽了一聽原來是鮑二家的媳婦商議說

我利害要拿毒藥給我吃了治死我把平兒扶了正我原生了氣又不敢和他吵打了平兒兩下子問他爲什麼害我他臊了就要殺我賈母聽了都信以爲真說這還了得快拿了那下流種子來一語未完只見賈璉拿著劒赶來後面許多人赶賈璉明仗着賈母素昔疼他們連母親嬸娘也無得故逞强鬧了來邢夫人王夫人見了氣的忙攔住罵道這下流東西你越發反了老太太在這裡呢賈璉也斜著眼道都是老太太慣的他他纔敢這麼着連我也罵起來了邢夫人氣的奪下劒來只管喝他快出去那賈璉撒嬌撒痴涎言涎語的還只管亂說賈母氣的說道我知道我們你放不到眼裡叫人把他老子叫了來看

他去不去賈璉聽見這話方趔趄着脚兒出去了賭氣也不往家去便往外書房來這裡邢夫人王夫人也說鳳姐賈母道什麽要緊的事小孩子們年輕饞嘴猫兒是的那裡保的住呢從小兒人人都打這麼過這都是我的不是叫你多喝了兩口酒又吃起醋來了說的衆人都笑了賈母又道你放心明兒我叫你女壻替你賠不是你今兒別過去臊着他因又罵平兒那蹄子素日我倒看他好怎麼暗地裡這麼壞尤氏等笑道平兒沒有不是是鳳丫頭拿着人家出氣兩口子生氣都拿著平兒煞性子平兒委屈的什麼兒是的老太太還罵人家賈母道這就是了我說那孩子倒不像那狐媚魘道的旣這麼着可憐見的

白受他的氣因叫琥珀來你去告訴平兒就說我的話我知道
他受了委曲明兒我叫他主子來替他賠不是今兒是他主子
的好日子不許他胡慪原來平兒早被李紈拉入大觀園去了
平兒哭的哽噎難言寶釵勸道你是個明白人你們奶奶素日
何等待你今兒不過他多吃了一口酒他可不拿你出氣難道
拿別人出氣不成別人又笑話他是假的了正說着只見琥珀
走來說了賈母的話平兒自覺面上有了光輝方纔漸漸的好
了也不往前頭來寶釵等歇息了一回方來看賈母鳳姐寶玉
便讓了平兒到怡紅院中來襲人忙接着笑道我先原要讓你
的只因大奶奶和姑娘們都讓你我就不好讓的了平兒也陪

笑說多謝因又說道好好兒的從那裡說起無緣無故白受了
一塲氣襲人笑道二奶奶素日待你好這不過是一時氣急了
平兒道二奶奶倒沒說的只是那娼婦治的我他又偏拿我湊
趣兒還有我們那糊塗爺倒打我說着便又委屈禁不住淚流
下來寶玉忙勸道好姐姐別傷心我替他兩個賠個不是罷平
兒笑道與你什麽相干寶玉笑道我們弟兄姊妹都一樣他們
得罪了人我替他賠個不是也是應該的又道可惜這新衣裳
也沾了這裡有你花妹妹的衣裳何不換下來拿些個燒酒噴
了熨一熨把頭也另梳一梳一面說一面吩咐了小丫頭子們
舀洗臉水燒熨斗來平兒素昔只聞人說寶玉專能和女孩們

接交寶玉素日因平兒是賈璉的愛妾又是鳳姐兒的心腹故不肯和他斯近因不能盡心也常爲恨事平兒如今見他這般心中也暗暗的敁敠果然話不虛傳色色想的週到又見襲人特特的開了箱子拿出兩件不大穿的衣裳忙來洗了臉寶玉一傍笑勸道姐姐還該擦上些脂粉不然倒像是和鳳姐姐賭氣的是的況且又是他的好日子而且老太太又打發了人來安慰你平兒聽了有理便去找粉只不見粉寶玉忙走至粧台前將一個宣窑磁盒揭開裏面盛着一排十根玉簪花棒兒拈了一根遞與平兒又笑說道這不是鉛粉這是紫茉莉花種研碎了對上料製的平兒倒在掌上看時果見輕白紅香四樣俱

美扑在面上也容易勻淨且能潤澤不像別的粉澀滯然後看見胭脂也不是一張却是一個小小的白玉盒子裏面盛着一盒如玫瑰膏子一樣寶玉笑道舖子裏賣的胭脂不乾淨顏色也薄這是上好的胭脂擰出汁子來淘澄淨了配了花露蒸成的只要細簪子挑一點兒抹在唇上足彀了用一點水化開抹在手心裏就彀拍臉的了平兒依言裝飾果見鮮艷異常且又甜香滿頰寶玉又將盆內開的一支並蒂秋蕙用竹剪刀鉸下來替他簪在鬢上忽見李紈打發丫頭來喚他方忙忙的去了寶玉因自來從不曾在平兒前盡過心且平兒又是個極聰明極清俊的上等女孩兒比不得那起俗拙蠢物深以爲恨今日

是金釧兒生日故一日不樂不想後來鬧出這件事來竟得在平兒前稍盡片心也算今生意中不想之樂因歪在床上心內怡然自得忽又思及賈璉惟知以淫樂悅己並不知作養脂粉又思平兒並無父母兄弟姊妹獨自一人供應賈璉夫婦二人賈璉之俗鳳姐之威他竟能周全妥貼今兒還遭荼毒也就薄命的狠了想到此間便又傷感起來復又起身見方纔的衣裳上噴的酒已半乾便拿熨斗熨了疊好見他的絹子忘了去上面猶有淚痕又擱在盆中洗了晾上又喜又悲悶了一回也往稻香村來說了回閒話兒掌燈後方散平兒就在李紈處歇了一夜鳳姐只跟着賈母睡賈璉晚間歸房冷清清的又不好去

叫只得胡亂睡了一夜次日醒了想昨日之事大沒意思後悔不來邢夫人惦記着昨日賈璉醉了忙一早過來叫了賈璉過賈母這邊來賈璉只得忍愧前來在賈母面前跪下賈母問他怎麼了賈璉忙賠笑說昨兒原是吃了酒驚了老太太的駕今兒來領罪賈母啐道下流東西灌了黃湯不說安分守己的挺尸去倒打起老婆來了鳳丫頭成日家說嘴霸王似的一個人昨兒唬的可憐要不是我你要傷了他的命這會子怎麼樣賈璉一肚子的委屈不敢分辯只認不是賈母又道鳳丫頭和平兒還不是個美人胎子你還不足成日家偷雞摸狗腥的臭的都拉了你屋裏去為這起娼婦打老婆又打屋裏的人你還虧

是大家子的公子出身活打了嘴了你若眼睛裡有我你起來我饒了你乖乖的替你媳婦賠個不是兒應了他家去我就喜歡了要不然你只管出去我也不敢受你的頭賈璉聽如此說又見鳳姐兒站在那邊也不盛粧哭的眼睛腫著也不施脂粉黃黃臉兒比往常更覺可憐可愛想著不如賠了不是彼此也好了又討老太太的喜歡想畢便笑道老太太的話我不敢不依只是越發縱了他了賈母笑道胡說我知道他最有禮的再不會冲撞人他日後得罪了你我自然也做主叫你降伏就是了賈璉聽說爬起來便與鳳姐兒作了一個揖笑道原是我的不是二奶奶別生氣了滿屋裡的人都笑了賈母笑道鳳丫頭

不許惱了再惱我就惱了說着又命人去叫了平兒來命鳳姐兒和賈璉安慰平兒賈璉見了平兒越發顧不得了所謂妻不如妾聽賈母一說便赶上來說道姑娘昨日受了屈了都是我的不是奶奶得罪了你也是因我而起我賠了不是不筭外還替你奶奶賠個不是說著也作了一個揖引的賈母笑了鳳姐兒也笑了賈母又命鳳姐來安慰平兒平兒忙走上來給鳳姐兒磕頭說奶奶的千秋我惹的奶奶生氣是我該死鳳姐兒正自愧悔昨日酒吃多了不念素日之情浮躁起來爲聽了傍人的話無故給平兒沒臉今見他如此又是慚愧又是心酸忙一把拉起來落下淚來平兒道我伏侍了奶奶這麼幾年也沒彈我

一指甲就是昨兒打我我也不怨奶奶都是那娼婦治的怨不得奶奶生氣說着也滴下淚來了賈母便命人將他三人送回房去有一個再提此話即刻來回我我不管是誰拿拐棍子給他一頓三個人從新給賈母邢王二位夫人磕了頭老嬷嬷答應了送他三人回去至房中鳳姐兒見無人方說道我怎麼像個閻王又像夜叉那娼婦咒我死你也幫着咒我千日不好也有一日好可憐我熬的連個混賬女人也不及了我還有什麼臉過這個日子說着又哭了賈璉道你還不足你細想想昨兒誰的不是多今兒當着人還是我跪了一跪又賠不是你也爭足了光了這會子還嘮叨難道你還叫我替你跪下纔罷太要

足了強也不是好事說的鳳姐兒無言可對平兒嗤的一聲又笑了賈璉也笑道又好了真真的我也没法了正說着只見一個媳婦來回話鮑二媳婦吊死了賈璉鳳姐兒都吃了一驚鳳姐忙收了怯色反喝道死了罷了有什麼大驚小怪的一時只見林之孝家的進來悄回鳳姐道鮑二媳婦吊死了他娘家的親戚要告呢鳳姐兒冷笑道這倒好了我正想要打官司呢林之孝家的道我纔和衆人勸了會子又威嚇了一陣又許了他幾個錢也就依了鳳姐兒道我没一個錢有錢也不給他只管叫他告去也不許勸他也不用鎮唬他只管叫他告他告不成我還問他個以尸詐訛呢林之孝家的正在爲難見賈璉和他

使眼色兒心下明白便出來等著賈璉道我出去瞧瞧看是怎麽樣鳳姐兒道不許給他錢賈璉一逕出來和林之孝來商議着人去做好做歹許了二百兩發送纔罷賈璉生恐有變又命人去和坊官等說了將番役仵作人等叫幾名來幫着辦喪事那些人見了如此總要復辦亦不敢辦只得忍氣吞聲罷了賈璉又命林之孝將那二百銀子入在流水賬上分別添補開消進去又體己給鮑二些銀兩安慰他說另日再挑個好媳婦給你鮑二又有體面又有銀子有何不依便仍然奉承賈璉不在話下裡面鳳姐心中雖不安面上只管佯不理論因屋裡無人便和平兒笑道我昨兒多喝了一口酒你別埋怨打了那裡我

瞧瞧平兒聽了眼圈兒一紅連忙忍住了說道也没打着只聽得外面說奶奶姑娘們都進來了要知後來端底且看下回分解

紅樓夢第四十四回終

紅樓夢第四十五回

金蘭契互剖金蘭語　風雨夕悶製風雨詞

話說鳳姐兒正撫恤平兒忽見衆姐妹進來忙讓了坐平兒斟上茶來鳳姐兒笑道今兒來的這些人倒像下帖子請了來的探春先笑道我們有兩件事一件是我的一件是四妹妹的還夾着老太太的話鳳姐兒笑道有什麽事這麽要緊探春笑道我們起了個詩社頭一社就不齊全衆人臉軟所以就亂了例了我想必得你去做個監社御史鐵面無私纔好再四妹妹爲畫園子用的東西這般那般不全回了老太太老太太說只怕後頭樓底下還有先剩下的找一找若有呢拿出來若沒有叫人買去鳳姐兒笑道我又不會做什麽濕的乾的叫我吃東西去倒會探春笑道你不會做也不用你做你只監察着我們裡頭有偷安怠惰的該怎麽罰他就是了鳳姐兒笑道你們別哄我我早猜着了那裡是請我做監察御史分明叫了我去做個進錢的銅商罷咧你們弄什麽社必是要輪流着做東道兒你們的錢不彀花想出這個法子來勾了我去好和我要錢可是這個主意不是說的衆人都笑道你猜着了李紈笑道真真你是個水晶心肝玻璃人兒鳳姐笑道虧了你是個大嫂子呢姑娘們原是叫你帶着念書學規矩學針線哪這會子起詩社能用幾個錢你就不管了老太太太太罷了原是老封君你一個

月十兩銀子的月錢比我們多兩倍子老太太太太還說你寡婦失業的可憐不彀用又有個小子足足的又添了十兩銀子和老太太太太平等又給你園子裡的地各人取租子年終分年例你又是上上分兒你娘兒們主子奴才共總沒有十個人吃的穿的仍舊是大官中的通共算起來也有四五百銀子這會子你就每年拿出一二百兩來陪著他們頑頑兒有幾年呢他們明兒出了門子難道你還賠不成這會子你怕花錢挑唆他們來鬧我我樂得去吃個河落海乾我還不知道呢李紈笑道你們聽聽我說了一句他就說了兩車無賴的話真真泥腿光棍專會打細算盤分金掰兩的你這個東西虧了還托生在

詩書仕宦人家做小姐又是這麼出了嫁還是這麼着要生在貧寒小門小戶人家做了小子丫頭還不知怎麼下作呢天下人都叫你算計了去昨兒還打平兒虧你伸的出手來那黃湯難道灌喪了狗肚子裡去了氣的我只要替平兒打抱不平兒忖奪了半日好容易狗長尾巴尖兒的好日子又怕老太太心裡不受用因此沒來究竟氣還不平你今兒倒招我來了給平兒拾鞋還不要呢你們兩個很該換一個過兒纔是說的衆人都笑了鳳姐忙笑道哦我知道了竟不是為詩為畫來找我竟是為平兒報仇來了我竟不知道平兒有你這麼位仗腰子的人想來就像有鬼拉著我的手是的從今我也不敢打他了平

姑娘過來我當着你大奶奶姑娘們替你陪個不是擔待我酒
後無德罷說着衆人都笑了李紈笑問平兒道如何我說必要
給你爭爭氣纔罷平兒笑道雖是奶奶們取笑兒我可禁不起
呢李紈道什麽禁的起禁不起有我呢快拿鑰匙叫你主子開
門找東西去罷鳳姐兒笑道好嫂子你且同他們去園子裏去
纔要把這米賬合他們算一算那邊大太太又打發人來叫又
不知有什麽話說須得過去走一走還有你們年下添補的衣
裳打點給人做去呢李紈笑道這些事情我都不管你只把我
的事完了我好歇着去省了這些姑娘們鬧我鳳姐兒忙笑道
好嫂子賞我一點空兒你是最疼我的怎麽今兒爲平兒就不

疼我了往常你還勸我說事情雖多也該保全身子檢點着偷
空兒歇歇你今兒倒反逼起我的命來了況且悞了別人年下
的衣裳無碍他姐兒們的要悞了却是你的責任老太太豈不
怪你不管閒事連一句現成的話也不說我寧可自己落不是
也不敢累你呀李紈笑道你們聽聽說的好不好把他會說話
的我且問你這詩社到底管不管鳳姐兒笑道這是什麽話我
不入社花幾個錢我不成了大觀園的反叛了麽還想在這裡
吃飯不成明日一早就到任下馬拜了印先放下五十兩銀子
給你們慢慢的做會社東道兒我又不會作詩作文的只不過
是個大俗人罷了監察也罷不監察也罷有了錢了愁着你們

還不攏出我來說的衆人又都笑起來鳳姐兒道過會子我開了樓房所有這些東西叫人搬出來你們瞧要使得留着使要少什麽照你們的單子我叫人赶着買去就是了畫絹我就裁出來那圖様没有在老太太那裏那邊珍大爺收着呢說給你們省了碰釘子去我去打發人取了來一併叫人連絹交給相公們礬去好不好呢李紈點頭笑道這難爲你果然這麽着還罷了那麽着僧們家去罷等着他不送了去再來鬧他說着便帶了他姐妹們就走鳳姐兒道這些事再没別人都是寶玉生出來的李紈聽了忙回身笑道正爲寶玉來倒忘了他頭一社是他悞了我們臉軟你說該怎麽罰他鳳姐想了想說道没別

的法子只叫他把你們各人屋子裏的地罰他掃一遍就完了衆人都笑道這話不差說著纔要囬去只見一個小丫頭扶着賴嬤嬤進來鳳姐等忙站起來笑道大娘坐下又都向他道喜賴嬤嬤向炕沿上坐了笑道我也喜主子們也喜要不是主子們的恩典我這喜打那裏來呢昨兒奶奶又打發彩哥賞東西我孫子在門上朝上磕了頭了李紈笑道多早晚上任去賴嬤嬤嘆道我那裏管他們由他們去罷前兒在家裏給我磕頭我没好話我說小子別說你是官了横行霸道的你今年活了三十歲雖然是人家的奴才一落娘胎胞兒主子的恩典放你出來上托着主子的洪福下托着你老子娘也是公子哥兒是的

讀書寫字也是丫頭老婆奶子捧鳳凰是的長了這麼大你那
裡知道那奴才兩字是怎麼寫只知道享福也不知你爺爺和
你老子受的那苦惱熬了兩三輩子好容易掙出你這個東西
從小兒三災八難花的銀子照樣打出你這個銀人兒來了到
二十歲上又蒙主子的恩典許你捐了前程在身上你看那正
根正苗忍飢挨餓的要多少你一個奴才秧子仔細折了福如
今樂了十年不知怎麼弄神弄鬼求了主子又選出來了縣官
雖小事情却大作那一處的官就是那一方的父母你不安分
守已盡忠報國孝敬主子只怕天也不容你李紈鳳姐兒都笑
道你也多慮我們看他也就好先那幾年還進來了兩次這有

好幾年沒來了年下生日只見他的名字就罷了前兒給老太
太太太磕頭来在老太太那院裡見他又穿着新官的服色倒
發的威武了比先時也胖了他這一得了官正該你樂呢反倒
愁起這些来他不好還有他的父母呢你只受用你的就完了
閒時坐個轎子進來和老太太鬬閑牌說說話兒誰好意思的
委屈了你家去一般也是樓房廈廳誰不敬你自然也是老封
君是的了平兒斟上茶來賴嬤嬤忙站起來道姑娘不管叫那
孩子倒來罷了又生受你說着一面吃茶一面又道奶奶不知
道這小孩子們全要管的嚴饒這麼嚴他們還偷空兒鬧個亂
子來叫大人操心知道的說小孩子們淘氣不知道的人家就

說仗着財勢欺人連主子名聲也不好恨的我沒法兒常把他老子叫了來罵一頓纔好些因又指寶玉道不怕你嫌我如今老爺不過這麽管你一管老太太就護在頭裡當日老爺小時你爺爺那個打誰沒看見的老爺小時何曾像你這麽天不怕地不怕的還有那邊大老爺雖然淘氣也沒像你這扎窩子的樣兒也是天天打還有東府裡你珍大哥哥的爺爺那纔是火上澆油的性子說聲惱了什麽兒子竟是審賊如今我眼裡看着耳朶裡聽着那珍大爺管兒子倒也像當日老祖宗的規矩只是着三不着兩的他自己也不管一管自己這些兄弟姪兒怎麽怨的不怕他你心裡明白喜歡我說不明白嘴裡不好意

思心裡不知怎麽罵我呢說着只見賴大家的來了接着周瑞家的張材家的都進來回事情鳳姐兒笑道媳婦來接婆婆來了賴大家的笑道不是接他老人家來的倒是打聽打聽奶奶姑娘們賞臉不賞臉賴嬤嬤聽了笑道可是我糊塗了正經說的都沒說且說些陳穀子爛芝蔴的因爲我們小子選出來了衆親友要給他賀喜少不得家裡擺個酒我想擺一日酒請這個不請那個也不是又想了一想托主子的洪福想不到的這麽榮耀光彩就傾了家我也願意的因此吩咐了他老子連擺三日酒頭一日在我們破花園子裡擺幾席酒一臺戲請老太太太太們奶奶姑娘們去散一日悶外頭大廳上一臺戲幾席

酒請老爺們爺們增增光第二日再請親友第三日再把我們兩府裡的伴兒請一請熱鬧三天也是托着主子的洪福一場光輝光輝李紈鳳姐兒都笑道多早晚的日子我們必去只怕老太太高興要去也定不得賴大家的忙道擇的日子是十四只看我們奶奶的老臉能了鳳姐兒笑道別人我不知道我是一定去的先說下我可沒有賀禮也不知道放賞吃了一走兒可別笑話賴大家的笑道奶奶說那裡話奶奶一喜歡賞我們三二萬銀子就有了賴嬤嬤笑道我纔去請老太太老太太也說去可算我這臉還好說畢叮嚀了一回方起身要走因看見周瑞家的便想起一事來因說道可是還有一句話問奶奶

這周嫂子的兒子犯了什麼不是攆了他不用鳳姐兒聽了笑道正是我要告訴你媳婦兒呢事情多也忘了賴嫂子回去說給你老頭子兩府裡不許收留他兒子叫他各人去罷賴大家的只得答應着周瑞家的忙跪下央求賴嬤嬤忙道什麼事說給我評評鳳姐兒道前兒我的生日裡頭還沒喝酒他小子先醉了老娘那邊送了禮來他不在外頭張羅倒坐著罵人禮也不送進來兩個女人進來了他纔帶領小么兒們往裡端小么兒們倒好好的他拿的一盒子倒失了手撒了一院子饅頭人去了我打發彩明去說他他倒罵了彩明一頓這樣無法無天的忘八羔子還不攆了做什麼賴嬤嬤道我當什麼事情原來

爲這個奶奶聽我說他有不是打他駡他叫他改過就是了攆出去斷乎使不得他又比不得是咱們家的家生子兒他現是太太的陪房奶奶只顧攆了他太太的臉上不好看我說奶奶教導他幾板子以戒下次仍舊留着纔是不看他娘也看太太鳳姐兒聽了便向賴大家的說道既這麽着明兒叫了他來打他四十棍以後不許他喝酒賴大家的答應了周瑞家的纔磕頭起來又要給賴嬤嬤磕頭賴大家的拉著方罷然後他三人去了李紈等也就回園中來至晚果然鳳姐命人找了許多舊收的畫具出來送至園中寶釵等選了一回各色東西可用的只有一半將那一半開了單子給鳳姐去照樣置買不必細說

一日外面礬了絹起了稿子進來寶玉每日便在惜春那邊帮忙探春李紈迎春寶釵等也都往那裡來閒坐一則觀畫二則便於會面寶釵因見天氣凉爽夜復漸長遂至賈母房中商議打點些針線來日間至賈母王夫人處兩次省候不免又承色陪坐閒時園中姐妹處也要不時閒話一回故日間不大得閒每夜燈下女工必至三更方寢黛玉每歲至春分秋分後必犯舊疾今秋又遇着賈母高興多遊玩了兩次未免過勞了神近日又復嗽起來覺得比往常又重所以總不出門只在自己房中將養有時悶了又盼個姐妹來說些閒話排遣及至寶釵等來望候他說不得三五句話又厭煩了衆人都體諒他病中且

素日形體姣弱禁不得一些委屈所以他接待不週禮數踈忽也都不責他這日寶釵來望他因說起這病症來寶釵道這裡走的幾個大夫雖都還好只是你吃他們的藥總不見效不如再請一個高手的人來瞧一瞧治好了豈不好每年間鬧一春一夏又不老又不小成什麼也不是個常法兒黛玉道不中用我知道我的病是不能好的了且別說病只論好的時候我是怎麼個形景兒就可知了寶釵點頭道可正是這話古人說食穀者生你素日吃的竟不能添養精神氣血也不是好事黛玉歎道生死有命富貴在天也不是人力可强求的今年比往年反覺又重了些是的說話之間已咳嗽了兩三次寶釵道昨兒

我看你那藥方上人參肉桂覺得太多了雖說益氣補神也不宜太熱依我說先以平肝養胃為要肝火一平不能尅土胃氣無病飲食就可以養人了每日早起拿上等燕窩一兩冰糖五錢用銀吊子熬出粥來要吃慣了比藥還强最是滋陰補氣的黛玉嘆道你素日待人固然是極好的然我最是個多心的人只當你有心藏奸從前日你說看雜書不好又勸我那些好話竟大感激你往日竟是我錯了實在悞到如今細細筭來我母親去世的時候又無姐妹兄弟我長了今年十五歲竟沒一個人像你前日的話教導我怪不得雲丫頭說你好我往日見他讚你我還不受用昨兒我親自經過纔知道了比如你說了那

個我再不輕放過你的你竟不介意反勸我那些話可知我竟自悞了若不是前日看出來今日這話再不對你說你方纔叫我吃燕窩粥的話雖然燕窩易得但只我因身子不好了每年犯了這病也沒什麼要緊的去處請大夫熬藥人參肉桂已經鬧了個天翻地覆了這會子我又興出新文來熬什麼燕窩粥老太太太太鳳姐姐這三個人便沒話那些底下老婆子丫頭們未免嫌我太多事了你看這裏這些人因見老太太多疼了寶玉和鳳姐姐兩個他們尚虎視眈眈背地裏言三語四的何況於我況我又不是正經主子原是無依無靠投奔了來的他們已經多嫌著我呢如今我還不知進退何苦叫他們咒我寶釵道這麽說我也是和你一樣黛玉道你如何比我你又有母親又有哥哥這裏又有買賣地土家裏又仍舊有房有地你不過親戚的情分白住在這裏一應大小事情又不沾他們一文半個要走就走了我是一無所有吃穿用度一草一木皆是和他們家的姑娘一樣那起小人豈有不多嫌的寶釵笑道將來也不過多費得一付嫁粧罷了如今也愁不到那裏黛玉聽了不覺紅了臉笑道人家把你當個正經人纔把心裏煩難告訴你聽你反拿我取笑兒寶釵笑道雖是取笑兒却也是真話你放心我在這裏一日我與你消遣一日你有什麼委屈煩難只管告訴我我能解的自然替你解我雖有個哥哥你也是知道

的只有個母親比你略强些偺們也算同病相憐你也是個明白人何必作司馬牛之嘆偺說了也是多一事不如省一事我明日家去和媽媽說了只怕燕窩我們家裏還有與你送幾兩每日叫了頭們就熬了又便宜又不驚師動衆的黛玉忙笑道東西是小難得你多情如此寶釵道這有什麼放在嘴裏的只愁我人人跟前失於應候罷了這會子只怕你煩了我且去了黛玉道晚上再來和我說句話兒寶釵答應着便去了不在話下這裏黛玉喝了兩口稀粥仍歪在床上不想日未落時天就變了淅淅瀝瀝下起雨來秋霖脉脉陰晴不定那天漸漸的黃昏時候了且陰的沉黑兼着那雨滴竹稍更覺淒凉知寶釵

不能來了便在燈下隨便拿了一本書却是樂府雜稿有秋閨怨別離怨等詞黛玉不覺心有所感不禁發于章句遂成代別離一首擬春江花月夜之格乃名其詞為秋窗風雨夕詞曰

秋花慘淡秋草黃　耿耿秋燈秋夜長
已覺秋窗秋不盡　那堪風雨助淒凉
助秋風雨來何速　驚破秋窗秋夢續
抱得秋情不忍眠　自向秋屏挑泪燭
泪燭搖搖爇短檠　牽林照眼動離情
誰家秋院無風入　何處秋窗無雨聲
羅衾不奈秋風力　殘漏聲催秋雨急

連宵脈脈復颼颼　燈前似伴離人泣
寒煙小院轉蕭條　疏竹虛窗時滴瀝
不知風雨幾時休　已教淚灑窗紗濕

吟罷擱筆方欲安寢丫鬟報說寶二爺來了一語未盡只見寶玉頭上戴着大箬笠身上披着簑衣黛玉不覺笑道那裡來的這麼個漁翁寶玉忙問今兒好吃了藥沒有今兒一日吃了多少飯一面說一面摘了笠脫了簑一手舉起燈來一手遮着燈兒向黛玉臉上照了一照覷着瞧了一瞧笑道今兒氣色好了些黛玉看他脫了簑衣裡面只穿半舊紅綾短襖係着綠汗巾子膝上露出綠紬撒花褲子底下是掐金滿繡的綿紗襪怕子靸著蝴蝶落花鞋黛玉問道上頭怕雨底下這鞋襪子是不的也倒乾淨些呀寶玉笑道我這一套是全的一雙棠木屐纔穿了來脫在廊簷下了黛玉又看那簑衣斗笠不是尋常市賣的十分細緻輕巧因說道是什麼草編的怪道穿上不像那刺蝟是的寶玉道這三樣都是北靜王送的他閒常下雨時在家裡也是這樣你喜歡這個我也弄一套來送你別的都罷了惟有這斗笠有趣上頭這頂兒是活的冬天下雪戴上帽子就把竹信子抽了去拿下頂子來只剩了這個圈子下雪時男女都帶得我送你一頂冬天下雪戴黛玉笑道我不要他戴上那個成了畫兒上畫的和戲上扮的那漁婆兒了及說了出來方想

起來這話恰與方纔說寶玉的話相連了後悔不迭羞的臉飛紅伏在棹上嗽個不住寶玉却不留心因見案上有詩遂拿起來看了一遍又不覺叫好黛玉聽了忙起來奪在手內燈上燒了寶玉笑道我已記熟了黛玉道我要歇了你請去罷明日再來寶玉聽了回手向懷內掏出一個核桃大的金表來瞧了一瞧那針已指到戌末亥初之間忙又揣了說道原該歇了又攪的你勞了半日神說着披簑戴笠出去了又番身進來問道你想什麼吃你告訴我我明兒一早回老太太豈不比老婆子們說的明白黛玉笑道等我夜裡想着了明日一早告訴你你聽雨越發緊了快去罷可有人跟沒有有兩個婆子答應在外面

拿着傘點着燈籠呢黛玉笑道這個天點燈籠寶玉道不相干是羊角的不怕雨黛玉聽說回手向書架上把個玻璃繡毬燈拿下來命點一枝小蠟兒來遞與寶玉道這個又比那個亮正是雨裡點的寶玉道我也有這麼一個怕他們失脚滑倒了打破了所以沒點來黛玉道跌了燈值錢呢是跌了人值錢你又穿不慣木屐子那燈籠叫他們前頭點着這個又輕巧又亮原是雨裡自己拿着的你自己手裡拿着這個豈不好明兒再送來就失了手也有限的怎麼忽然又變出這剖腹藏珠的脾氣來寶玉聽了隨過來接了前頭兩個婆子打着傘拿着羊角燈後頭還有兩個小丫鬟打着傘寶玉便將這個燈遞給一個小

丫頭捧着寶玉扶着他的肩一逕去了就有蘅蕪苑兩個婆子也打着傘提着燈送了一大包燕窩來還有一包子潔粉梅片雪花洋糖說這比買的强我們姑娘說姑娘先吃着完了再送來黛玉回說費心命他外頭坐了吃茶婆子笑道不喝茶了我們還有事呢黛玉笑道我也知道你們忙如今天又凉夜又長越發該會個夜局賭兩塲了一個婆子笑道不瞞姑娘說今年我沾了光了橫豎每夜有幾個上夜的人悞了更又不好不如會個夜局又坐了更又解了悶今兒又是我的頭家如今園門關了就該上場了黛玉聽了笑道難爲你們悞了你們的發財冒雨送來命人給他們幾百錢打些酒吃避避雨氣那兩個

婆子笑道又破費姑娘賞酒吃說着磕了頭出外面接了錢打傘去了紫鵑收起燕窩然後移燈下簾伏侍黛玉睡下黛玉自在枕上感念寶釵一時又羡他有母有兄一回又想寶玉素昔和睦終有嫌疑又聽見窗外竹梢蕉葉之上雨聲淅瀝淸寒透幕不覺又滴下淚來直到四更方漸漸的睡熟了暫且無話要知端底且看下回分解

紅樓夢第四十五回終